SCHATTENREICH

Der Druck dieses Buches wurde von der
Kreissparkasse Augsburg großzügig unterstützt.

SIEGFRIED WELTY

SCHATTENREICH

ERZÄHLUNGEN GEGEN
DAS VERDUNKELN

Bibliografische Information der Deutschen Nationalbibliothek
Die Deutsche Nationalbibliothek verzeichnet diese Publikation in der
Deutschen Nationalbibliografie; detaillierte bibliografische Daten sind
im Internet über http://dnb.d-nb.de abrufbar.

Herstellung und Verlag:
BoD - Books on Demand, Norderstedt
ISBN 978-3-8482-2736-5

Cover: Lisa Schwenk unter Verwendung eines NS-Propagandaplakats
Lektorat und Layout: Michael Friedrichs

INHALT

NOMEN EST OMEN?

Es geschah im Jahre des Heils 1944.

Diese altmodische Floskel hatte damals eine doppelte, ja makabre Bedeutung. Heute verspürt man nur noch die Lächerlichkeit des deutschen Grußes. Es dürfte einmalig in der Geschichte aller Völker aller Zeiten sein, daß sich zwei fremde Menschen mit „Heil" unter Hinzusetzung des Namens ihres Souveräns begrüßten. Nicht einmal im Zarenreich oder zu Zeiten der Gottkönige ist Gleiches vorstellbar. Aber auch diese Unbegreiflichkeit ist damals so unmerklich zur Selbstverständlichkeit geworden, daß sich eigentlich niemand wunderte, als aus einer Unterlassung oder Mißachtung dieser Albernheit ein Gesetzesverstoß wurde.

Ganz ähnlich, wie ein Kind nicht spürt, daß es wächst, so geschah auch die Anpassung des Herrn Amt- und späteren Oberamtmannes Wilhelm Recht. Wären die gleichen Verordnungen, wie sie jetzt galten, in einer seiner ersten Prüfungen aufgetaucht, so hätte er über diese plumpe Falle geschmunzelt und eine Bearbeitung wegen Verstoßes gegen „die guten Sitten" unterlassen. Er fühlte sich jederzeit seinem Dienstherrn absolut verpflichtet, so daß die Übergänge von Seiner Majestät, seinem Namenspatron, über die Republik, die er als blutarm erkannte, trotzdem respektierte, bis zu seinem heutigen Führer keine Konflikte für ihn brachten. Er hätte genauso präzise weiterfunktioniert, wenn die Inquisition das Sagen gehabt oder ein Herodes die Vollreduzierung (Tötung wäre bedenklich) bestimmter Jahrgänge angeordnet hätte. Er war loyal – sich selbst, d.h. seinem Status gegenüber. Und dieser verlangte zwangsläufig Einordnung und tatkräftige Erhaltung der Organisation an sich.

Dieser Haltung entsprachen auch seine Gedanken oder richtig Nichtgedanken zum Krieg und seinem bisherigen Verlauf. Er betrachtete diesen als Ereignis, wie die Pest im Mittelalter. Einen Schuldigen konnte man nicht ermitteln. Es war zwar furchtbar, aber in periodischen Abständen eben als Schicksal hinzunehmen. In solchen Zeiten waren geschickte Männer gefragt, doch obzwar er froh war, von der Infektion, sprich Kriegsdienst, verschont geblieben zu sein, wußte er sich berechtigt auf seinem Platz, hätte aber auch nichts Krummes unternommen, wenn man seine uk (unabkömmlich)-Stellung aufgehoben hätte. So, wie er keinen Anstifter suchte, haßte er auch keinen Feind, denn wenn der Bomben warf, hatte er dafür ebenso Verständnis, wie wenn deutsche U-Boote Frachter versenkten. Diese Gelassenheit war natürlich auch deshalb unerschüttert, weil er dank geographischer Vorzüge den Luftschutzkeller nur bei Probealarmen kennengelernt hatte.

Er hatte nie erlebt, wie Leute in Kellern schrieen, beteten, wie Mütter ihre Kinder die Ohren zuzuhalten und den Mund aufzureißen hießen. War letzteres nur Ablenkung oder wirklich Vorbeugung gegen „Lungenriß“? Er war nie dieses grenzenlosen Glücksgefühls teilhaftig geworden, wieder um eine Nacht überlebt zu haben, wenn das Schaukeln der Häuser aufgehört hatte, wenn gespannte Ruhe im Keller herrschte, die verwirrten Sinne wieder synchron liefen, die Kerzenflammen sich aufrichteten und plötzlich und wie zögerlich das Licht anging und Entwarnung ertönte – dieser lange, wirkliche Sirenenton. Ein erleichtertes Stoßgebet zum Himmel. Ein Gefühl, wie es heute etwa einer erlebt, wenn der Jet mit brennendem Triebwerk heil gelandet ist. Was macht es, daß in der Wohnung Scherben, Steine und zentimeterdicke Verputzbrocken lagen? Man lebte, fragte aber auch, ob es Leben sei, dieses Dasein. Aus diesen Zweifeln erwachte Widerstand und wuchs Wut auf die eigene Führung und auf den überlegenen Gegner. War es notwendig, jeden Abend, z.B. über Düsseldorf, den mit rheinischem Naturell so getauften „eisernen Heinrich" kreisen zu lassen, der nach einer halben Stunde eine einzige Bombe warf, aber Tausende in Atem hielt? Alarm wurde wegen solcher Einzelmaschinen schon gar nicht mehr gegeben. Nachts herrschte in den Einflugschneisen über dem Ruhrgebiet ohnehin immer Fliegeralarm, denn man wußte ja nie, ob der Tod nur tausendfach vorbeizog oder ob plötzlich die grellweißen „Christbäume" am Himmel die Eckpunkte eines riesigen Massengrabes markierten. Tagsüber schossen Tiefflieger auf alles, was sich bewegte, oder auch „nur auf Verdacht" auf Häuserfassaden. Ganz sicher hätte unser Reichsluftmarschall, der ja Maier heißen wollte, wenn je eine alliierte Maschine deutsche Grenzen überflöge, nicht anders gehandelt. Aber mußte diesem aufgeblasenen tatsächlichen Luftmarschall auf diese Weise das Gegenteil bewiesen werden?

Die räumliche und vor allem gefühlsmäßige Distanz des Wilhelm Recht änderte sich durch eine unscheinbare, aber gefürchtete rotumrandete Karte.

Alle Staatsformen in sogenannten großen, für den Normalmenschen erbärmlichen Zeiten sind besorgt um ihre Bürger und handeln deshalb bekanntermaßen „unbürokratisch". So wurde dem Fliegerbombengeschädigten erlaubt, mittels vorerwähnter Karte seinen nächsten Angehörigen in gebotener Kürze mitzuteilen, was von seiner Familie oder Habe übriggeblieben war. Der Vorzug bestand darin, daß diese Nachricht billigerweise wie ein Telegramm befördert wurde. Mit wachsender Inflation der Sondermeldungen – je mehr Rückschläge, desto dröhnendere Siegesfanfaren – wurde der Postkartentarif sogar zum Nulltarif. Aber selbst das Näherrücken des „Endsieges" konnte deutsche Bürokratie nicht daran hindern, auf Mißbrauch dieses kostengünstigen Nachrichtenmittels zu kontrollieren. Ähnlich großartig wurde bestimmt auch in Tschernobyl verfahren, und gleiche Großzügigkeit gewährt jedes zivilisierte Staatssystem, denn schließlich hat sich die Menschheit ja entwikkelt. Herrn Recht also teilte seine Tochter in dieser kargen Form mit, sie sei aus-ge-bombt (welch ein Wort!), mit dem Leben davongekommen, und nannte ihre neue Anschrift.

Aus echter Sorge um das Wohl seiner noch unverheirateten Tochter und deren Mitgift beschloß er, sofort zu ihr zu fahren. Seinem Besuch in dem kleinen Dorf bei Schweinfurt sah er mit ungewohnter Unsicherheit entgegen. Vermutete er doch, dort einen verheirateten Mann anzutreffen, mit dem sie bis dahin zusammengewohnt hatte. Nur die lockeren Sitten der Kriegszeit ließen so etwas ohne außergewöhnliche Schwierigkeiten zu. Herr Recht akzeptierte ein derartiges Verhältnis unter gar keinen Umständen und hatte die Tochter auch seine Auffassung wissen lassen. Seine Einstellung konnte auch nicht im geringsten dadurch beeinflußt werden, daß dieser Mann ein halbes Bein in Rußland gelassen, dafür ein gestanztes Metallkreuz erhalten und seine Frau an einen anderen verloren hatte.

Er war erleichtert zu hören, daß dieser Träger des Verwundetenabzeichens Aufsichtsdienste in einem Gefangenenlager zu versehen hatte, wodurch ihm eine Begegnung erspart blieb. So konnte er seinem Kind alles an Zärtlichkeit zeigen, dessen er fähig war. Wie mager diese Ration ausfiel, vermochte er nicht zu erkennen, doch ging er ihr beim Ausfüllen diverser Inventarlisten ausgesprochen hilfreich zur Hand. Wahrscheinlich sollten mit diesen Zusammenstellungen nach Kriegsende die deutschen Reparationsforderungen an die Besiegten korrekt ermittelt werden. Sein Abschied war für seine Verhältnisse herzlich; wurde man doch auch an der Heimatfront, z.B. durch ein düsteres Plakat, auf dem ein in einem englischen Flugzeug sitzendes Totengerippe eine Bombe auf ein nicht völlig verdunkeltes Haus warf, ständig an den Sensenmann erinnert. Unverständlich fast, daß der später einmal als PR-Größe bezeichnete Reichspropagandaminister Goebbels viel zu spät diese Horrorzeichnung heimlich einziehen und schlußendlich sogar das öffentliche Zurschaustellen mittels juristischer Kniffe – keine Vollstreckung ohne Urteil! – als Hochverrat bestrafen ließ.

Auf seinem Fußmarsch zur nahen Stadt bemerkte Herr Recht mehrere Gruppen von schweigenden und hartnäckig werkelnden Männern, die große Mengen Reisig, Stroh und dergleichen aufhäuften und mit einer Flüssigkeit tränkten. Erst einige Tage später wurde ihm der Sinn dieser Aktion klar, da aber war seine Tochter schon tot. Diese Scheiterhaufen, in Verbindung mit den Totenfingern der Scheinwerfer, sollten die anfliegenden Bomberverbände in die Irre leiten, sie über die Markierungen täuschen, die vor einem Luftangriff Aufklärer als Menetekel an den Himmel brannten. Die List gelang, für diese umgeackerte Flur und ihre Bewohner total.

Anläßlich der Trauerfeier, zu beerdigen gab es nichts, sprach er für ein einziges Mal mit dem Mann seiner Tochter. Aber seine Trauer irritierte, daß dieser besonders fassungslos über die Tatsache war, daß ausgerechnet ihm aus nahestehenden Kreisen kein Wink gegeben worden war.

Der Tod seiner Tochter veränderte den Vater nicht spontan, aber der Riß in seiner Psyche verbreitete sich von Tag zu Tag. Sein Staat hatte keinen Anspruch darauf gehabt, auf diese Art und Weise sein Kind zu töten. Ohne sich eines Unrechts bewußt zu werden, leistete er „Widerstand". Er kam sich dabei eigentümlich passiv vor und empfand deshalb auch keine Angst vor Strafe. Er unterschied auch nicht die Schwere der Delikte, obwohl er registrierte, wie stark sich seine Wagnisse dem Verbrechen näherten.

Hatte er anfangs bewußt Unregelmäßigkeiten bei der Lebensmittelkartenausgabe zugelassen, nicht aus Mitleid für den Zuteilungsberechtigten, sondern um der Organisation zu schaden, so übersah er zunehmend Zeichen von Auflösung und Sabotage, die er ehedem angezeigt hätte.

Einmal fand er an einer abgelegenen Stelle im Archiv des Ämtergebäudes nach Dienstschluß einen Packen subversiver Flugblätter. Vielleicht war der vorgesehene Verteiler nur gestört worden, oder aber der Mut hatte ihn verlassen. Herr Oberamtmann nahm sich der Aufgabe an und riskierte nicht nur die Verbreitung innerhalb der Behörde, sondern machte Postwurfsendungen. Niemals begegnete er dem Boten und argwöhnte auch keine Falle, als er wieder und wieder an gleicher Stelle derartige Druckerzeugnisse fand und sie wie gehabt verteilte. Waren keine greifbar, beschrieb er Wände mit Parolen, die er nicht erdacht, aber aus solchen Aufrufen übernommen hatte; ordnungshalber hätte er dabei am liebsten mit seinem Kurzzeichen signiert. Der Kriegsschluß bewahrte ihn sicher vor dem Tod und vor dem Verbrechen, beschäftigte er sich doch bereits mit dem System der Signalanlagen der Reichsbahn. Als PG wurde er sofort aus dem Dienst entfernt und im späteren Spruchkammerverfahren als Mitläufer eingestuft. Da er sich ein Leben lang als solcher empfunden haben mag, machte er keinen Versuch einer Rechtfertigung, z.B. mit dem Hinweis auf den unbekannten Überbringer der Flugblätter, dem es jetzt als Widerständler sicher gutging. – Vielleicht genierte er sich auch vor seinen ehemaligen Kollegen und Mitarbeitern. Er war schon ein Instinktbeamter; konnte er sich doch zu seinem Schweigen spätestens dann beglückwünschen, als sein ehemaliger Abteilungsdirektor, frisch gewendet, augenzwinkernd Demokratie vorexerzierte: „Ganz einfach so wie früher, Herr Recht! Haha!“ Er war nicht angewidert, aber unsicher, welche Phase seiner Karriere ihm mehr zum Nachteil werden könnte. So betrieb er seine Pensionierung recht vorzeitig, um nicht Gefahr zu laufen, Held oder Verräter darstellen zu müssen, und beendete irgendwann, fast unbemerkt, ein ganz normales deutsches Leben. Er hinterließ eine Witwe; das ist aber auch alles, was von Frau Recht zu erwähnen wäre.

DIE MAYER LENI SÄUFT

Unter seine Fittiche nehmen bedeutet jemanden halten, beschützen, unterstützen, fördern. In der Tierwelt beobachten wir mit Wohlgefallen, gefallen uns dabei in dem Bewußtsein, einen Augenblick im Einklang mit der Natur zu sein, wie ein Federkleid den Nachwuchs beschirmt. Der Augenzeuge rollt sich geradezu in diese animalische, gegenseitige Wärme mit hinein und erlebt im Unterbewußtsein vergangenes Nestgefühl. Die Fittiche, oft über das ganze Nest ausgebreitet, umgeben wie ein Schild die Brut, machen aus der Halbhöhle eine ganze und schaffen so ein Band zwischen den Generationen. Der Schutz erstreckt sich – in der Tat – bis zur Selbstaufopferung und gipfelt in dem hoffnungslosen Versuch bereits tote Nachkommen am Leben zu erhalten. Instinkt, Erbanlagen, Trieb, Notwendigkeiten für das Überleben vereinen sich. Bertolt Brecht war es, der der Mutterliebe ein beispielhaftes Denkmal gesetzt hat.

An einem der vielen schmalen Lechkanäle, wie sie die Augsburger Altstadt durchqueren, ziehen sich in einer Reihe schmucklose, aber idyllisch gelegene Häuschen entlang. Der Vergleich mit Perlen, aufgereiht an einer Schnur verbietet sich, sind die schmalbrüstigen, meist nichtsdestoweniger zweigeschossigen Häuser, von recht einfacher Bauart. Selbst heute machen sie den gleichen Eindruck wie bereits vor ihrer fast völligen Zerstörung durch den Luftangriff im Februar 1944.

Hier wohnte zu dieser Zeit die Mayer Leni mit ihrem etwa fünfjährigen Buben. Sie war allein erziehend. Heute sagt man das mit einem Unterton des Mitleids und wenn es hoch kommt einer gewissen Hochachtung. Damals waren das fast alle Frauen und manchmal Großeltern, da die Männer um den Endsieg kämpften, von dem nur noch das bittere Ende blieb. Pflichtgemäß suchte Mutter Mayer beim ersten Ton des Voralarms, dessen Heulen später häufig genug unmittelbar in das enervierende Brüllen des Hauptalarms überging, den Luftschutzkeller auf. Dieser Gemeinschaftsraum war, dem Grundriß der Baulichkeit entsprechend, beengt und aus der Verkleinerung der ohnehin minimalen Kellerabteile geschaffen worden. Man saß dichtgedrängt und ließ das Hamsterrad der mit dem Blockwart geübten Abläufe in diesem Käfig und dem des Kopfes surren. Man prägte sich nochmals den Durchschlupf zu den Nachbarhäusern ein, der durch Schwächung der Brandmauern geschaffen worden war, ebenso den durch weiße Pfeile nach oben gekennzeichneten Ausstieg aus den Kellerschächten. Kerzen und Zündhölzer und so mancher Rosenkranz lagen griffbereit. Eine angstvolle Stille, verstärkt durch das Flüstern der Menschen (wozu eigentlich kein Anlaß bestand) lastete über dem niedrigen, angstschweißigen Raum.

Ein gleichmäßiges, sich aber durch seine Unaufhaltsamkeit noch steigerndes Brummen kam von oben, schien aber auch von allen Seiten in die Menschen einzudringen. Die Mayer Leni, eine so genannte stattliche, blonde Frau, spreizte ihre Schenkel, spannte so den Rock wie ein Zelt, schob den Buben zwischen die Säulen der Beine und so lag sein Kopf in ihrem Schoß, nur umgekehrt wie er ihn einstmals verlassen hatte. Ihre Körper wurden eins in einander und Puls und Atmung verschmolzen ins Pränatale.

Als sich das Dröhnen der ersten Einschläge machtvoll näherte, schärfte sie dem Kleinen ein, wenn es in der Luft heulen würde, also kurz vor der Explosion, sich die Ohren zuzuhalten und den Mund zu öffnen, damit das Trommelfell nicht platze. Sicherheitshalber preßte sie für diesen Moment zusätzlich den Körper des Kindes gewaltsam zwischen ihre Knie. Die Menschen schrien und beteten nach eigenen Worten, die kahlen elektrischen Glühbirnen waren längst flakkernd erloschen und ein unbestimmter Luftzug oder Sauerstoffmangel hatten die Kerzen abgewürgt. Als Beben und Schaukeln der Mauern aufgehört hatten und der Donner nur noch entfernt fortgrollte, glaubte man überlebt zu haben. So fremd es heute scheint: Es herrschte nicht nur Erleichterung, überhöht sogar Frieden. Daß man nach dem Bombeninferno allmählich Geräusche von nachrutschendem Mauerwerk, plötzlich berstenden Balken, scheppernden Dachplatten der einstürzenden Giebel wahrnehmen konnte, wirkte geradezu beruhigend, waren es doch Zeichen der Entwarnung, da die elektrischen Sirenen längst verstummt waren. Erste Gespräche sprangen langsam an, man prüfte seine Lage und das wörtlich. Alle waren verschüttet worden. Nur die Dunkelheit ersparte den Anblick von verquerten Gliedmaßen, eingeschlagenen Schädeln und manches Röcheln aus Staub gefüllter Lunge erstarb.

Leni Mayer, die sich zum Schutz für ihr Junges und ihren Körper weit vorgebeugt hatte, stellte fest, daß sie, zwar bewegungsunfähig von Mauerbrocken und Balkenteilen eingekeilt, aber ansonsten unverletzt war. Durch Betätigen ihrer Beinmuskulatur und der Reaktion des geretteten Kindes, überzeugte sie sich immer aufs Neue, daß es das Grauen überlebt hatte.

Dann hörte sie das Glucksen und spürte nach und nach schleichende Kälte: Wasser!

Teile der zerbombten Häuser waren in den Kanal gestürzt und begannen diesen aufzustauen. Das eisige Lechwasser bahnte sich unaufhaltsam seinen Weg in die Keller. Verzweifelt kämpfte die Leni gegen ihre aufgezwungene Enge, aber sie konnte, bis auf kleine Zeichen ihrer eigenen Unversehrtheit, nur Kopf und Beine bewegen; diese hielt sie jedoch still, da sie befürchten mußte, daß nachdrängendes Steinwerk den Raum unter ihr noch mehr zuschütten könnte. In der Höhle da unten wurde es unruhig, dann panisch. Die durch krampfartige Schläge gegen ihre Beine verursachten Schmerzen nahm sie nicht wahr, denn sie kämpfte mit aller Kraft um jede Spur eines Nachgebens der Last um ihren Körper. Dann fühlte sie nur noch Kälte und bildete sich ein, absterbendes Rufen unter sich zu hören. Obwohl ihr das Wasser bis über die Hüfte reichte, ließ sie nicht los. Sie versuchte durch den Druck ihrer Schenkel und Überkreuzen der Beine das längst in ihrem Schoß ertrunkene Kind am Leben zu erhalten. Anderntags wurde Leni mit Unterkühlungen, was damals nicht als Verletzung galt, geborgen. Die bagatellisierende Diagnose „Nervenschock" ersparte ihr den Einsatz als Rüstungsarbeiterin.

Nach einer, je nach Gefühl des jeweiligen Siegers angemessenen bzw. zugemessenen Zeit in Gefangenschaft, kam Mayer Lenis Mann nach Hause. Sie hatten in einer glücklichen Ehe zusammengelebt und deshalb begriff er es nicht, warum er, selbst nach verständnisvollem zeitlichem Abstand, keine Liebe mehr von seiner Frau erfuhr. Auch die körperliche versagte sie ihm; er konnte nicht verinnerlichen, warum sie bei jeder Berührung ihrer Schenkel erstarrte.

Ich kenne die Geschehnisse, wie sie in unserer Familie erzählt wurden: Von dem ungewöhnlich innigen Mutter-Kind-Verhältnis der Leni, der unverständlichen Scheidung einer harmonischen Ehe (die soll froh sein, daß ihr Mann nicht gefallen oder kriegsversehrt ist) war die Rede. Dann, und

die Stimmen senkten sich, was mich besonders unauffällig aufmerksam horchen ließ, und während
die Anwesenden wissend nickten, sagte einer: „Die
Mayer Leni säuft.“

Unwillig, weil beim Lauschen störend, ließ ich
mir dabei von meiner Mutter über das Haar strei-
chen.

IM WAGGON

Irgendwann und in irgendeiner Form haben Sie es schon erlebt: das Gefühl des Eingezwängtseins zwischen Menschen. Sei es in der Bergbahn, bei der Landung des Fährschiffes, gar in einem vollbesetzten Aufzug, der zwischen den Haltestellen minutenlang stehenbleibt. Da, von der psychischen Beklemmung abgesehen, keine unmittelbare Todesgefahr droht, ist so ein Gefangensein höchstens unangenehm. Ich jedoch bekämpfe unter Schweißausbrüchen den Zwang, um mich zu schlagen.

Im Winter 1944/45 war ich erwählt für einen Viehwaggon, der, zusammen mit 49 anderen, Insassen eines KZ vom Osten nach dem Westen transportierte. Die Behausung von 50 Menschen bot die heute noch nach Bahn-DIN gültigen Abmessungen: Länge 9,28 m, Breite 2,71 m, Höhe im First bis 2,70 m ansteigend, Türhöhe 2,10 m. Wir wurden nicht wahllos durch die Ladeöffnung gequetscht, ganz und gar nicht, exakt das halbe Hundert, penibel und nach doppelter Buchführung· saldiert, Türe verschlossen und verplombt. Diese Vorgehensweise hatte den späteren Vorteil, nur noch die Herausstolpernden zählen zu müssen, der unappetitliche Rest verblieb· zur endgültigen Verarbeitung in den erneut verriegelten Waggons und war ohne ekliges Kontrollieren einfach zu ermitteln. Aufgefallen war uns bereits bei Transportbeginn, daß wir nicht nach Nummern erfaßt worden waren.

Diese Tatsache bildete die Grundlage des ersten Gerüchts,·denn ohne Kennzahl war man ein noch lebensunwerteres Nichts als ohnehin. Trotz des damit soviel wie entschiedenen Schicksals klammerten sich alle an umlaufende Halbwahrheiten. Aber Gott sei Dank ergaben selbst zehn Halbwahrheiten noch kein Ganzes. Zunächst richtete sich jeder in der Reihenfolge Rücksichtslosigkeit und Kraft, Transporterfahrung, Hoffnung, Lethargie, Todesschwäche ein. Danach bildeten sich einzelne Gruppen: die Gleichstarken, die sich nicht ständig zerfleischen wollten, die Gleichsprachigen, die Gleichrassigen, die Preßmasse, d.h. Frauen, Kinder, Alte, Kranke. Diese Hierarchie funktionierte die ersten 48 Stunden, die aus mehr Stand- als Fahrzeit bestanden. Später spielte sich eine gewisse Organisation ein: Die an Entkräftung Verstorbenen wurden platzsparend aufgeschichtet, in diesen Bereich hinein war die Notduft zu verrichten. Die sich intellektuell Gebärdenden durften an Halteplätzen zu den Lüftungsschlitzen, soweit diese vom Treibschnee zu befreien waren. Von ihnen stammten dann die unterschiedlichsten Parolen über Standort und Fahrtziel. Auch die Beobachtungen der Sonne und Gestirne, der vorbeihuschenden Vegetation, der Buchstabenfetzen beim Durchfahren eines Bahnhofs wurden unterschiedlich, aber mit leiser Hoffnung gedeutet. Ging es doch grundsätzlich in westliche Richtung. Das nahmen, mit Ausnahme der Kommunisten, alle positiv auf, zudem waren im Unterbewußtsein Osten und Kälte miteinander verknüpft, ohne akademisch die Wirkung von −35 Grad der von −20 Grad gegenüberzustellen. Bei dieser Gelegenheit sei die Zusammensetzung unserer Schicksalsgemeinschaft erwähnt: Juden, Staatsfeinde, Schwerstkriminelle, Homosexuelle, Sektenangehörige, Deserteure, Fremdländer, auf der Flucht gefaßte Kriegsgefangene, Sozis, Kommunisten.

Die entstandene Struktur wurde nur durch die naturgegebenen Triebe zeitweise aufgelöst. Wenn uns gefrorenes Brot durch die halbgeöffnete Türe hereingeworfen oder ein Faß mit eisigem Wasser, manchmal als Delikatesse angereichert mit verrußtem Warmwasser der Dampflokomotive – deren Pumpgeräusche waren akustischer Aperitif – hereingewuchtet worden war, wurde es menschlich, d. h. kein Stärkerer akzeptierte Demutsgesten des Schwächeren wie bei Tieren. Auch die anfänglichen Vergewaltigungen innerhalb der eingedosten Masse relativierten sich durch Aufgabe des Widerstandes. Ebenso erstarb jedes Maß an Achtung vor dem Tod, nur anfangs wehrten sich speziell Mütter gegen die Verfrachtung einer zugehörigen Leiche in die festgelegte Hygienezone. Kranke, auch nur andeutungsweise ansteckend wirkend, erhielten nicht einmal die Chance einer Quarantäne auf dem Leichenhaufen. Das Überfahren von mehreren Weichen nacheinander zeigte an, daß wir in einen größeren, wie üblich verdunkelten, Bahnhof einfuhren. Beim harten Auffahren auf einen Prellbock ging einiges zu Bruch; es handelte sich aber lediglich um ein paar Rippen und Nasen.

„Unsere" Waggons wurden umrangiert, andere offensichtlich dazwischen eingefügt. Wir lauschten – jedes Stöhnen wurde unterdrückt oder von anderen gewaltsam erstickt – angespannt den Kommandos und Gesprächen der Rangierer. Zunächst sollte deren Dialekt Aufschluß über den Standort geben, dann erzeugten aufgeschnappte Wörter wie „Munition, Treibstoff, Chemikalien, brennbar" wieder neue Ängste vor der unmittelbaren Zukunft. Später war an mehreren Stellen der Außenwand ein schleifendes Geräusch zu vernehmen. Gleichzeitig roch es nach nicht identifizierbarer „Chemie". Die Kräftigsten schlugen und rissen sich die Hände am deutschen Hartholz wund. Endlich konnte einer in als Spiegel wirkenden Fenstern eines Personenzuges sehen, daß uns große Rotkreuzsymbole aufgemalt worden waren. Damit war der enervierende Geruch als Farbe analysiert. Die spontane Erleichterung wurde von der Gewißheit abgelöst, von nun an als Geiseln zu dienen.

Militärisch wichtige Transporte wurden nämlich in der Weise geschützt, daß sich die jeweiligen Geheimdienste Nachrichten zuspielten. Den Alliierten war klar, daß manche Transportmittel KZ-Häftlinge und Kriegsgefangene mit sich führten, andererseits herrschte schließlich totaler Krieg, und da schon öfter von beiden Seiten mit humanitären Zeichen getäuscht worden war, wurden „sicherheitshalber" alle Eisenbahnzüge angegriffen. Manche von uns wußten das, andere ahnten es, aber alle redeten sich Mut zu, indem sie die jeweiligen Spionagedienste lobten; es entstand fast eine politische Diskussion.

Ob Agenten überhaupt eine wie auch immer geartete Empfehlung ausgegeben hatten – tags darauf erfolgte ein Angriff von Tieffliegern. Der Beschuß durch Maschinengewehre und Bordkanonen schien uns aus allen Richtungen und von oben zu kommen. Unser Wahrnehmungsvermögen verengte sich schließlich bis auf das Gefühl, in einem Sarg auf dem Meeresgrund zu liegen. Die Menschen wollten sich in der Enge zu Boden kauern, was zwangsläufig nur übereinander gelingen konnte. Hierbei änderte sich die Taktik der Starken: Sie kämpften sich in die Mitte der Haufen und umgaben sich dadurch mit fleischlichen Schutzschilden. Trotz des Schußwechsels (unser Zug führte offensichtlich eine sogenannte Vierlingsflak mit sich, und wir beteten ebenso paradoxer- wie logischerweise um einen deutschen Erfolg) und der Fahrgeräusche hörten wir Todesschreie aus anderen Waggons, während wir ohne Verluste blieben: Dem Widerhall von Wänden nach erreichten wir einen Tunnel, und der Zug hielt an. Vor unseren, sonst unentwegt erflehten, Befreiern gerettet, hievten wir uns wieder in gewohnte, erkämpfte bzw. erlittene Positionen und warteten in absoluter Dunkelheit auf die nächste Not. Und sie blieb nicht aus. Zuerst war der Brandgeruch da, dann öliger Qualm und taubmachende Explosionen, die ursächlich zwar nicht wuchtig gewesen sein mochten, aber durch den Tunneleffekt drastisch verstärkt wurden. In dieser Situation half wenigstens einigen teils unbewußter, teils angeeigneter Behauptungsmechanismus. Wir hatten einen – der Anglizismus trifft hier – Crashkurs in Evolution (oder doch Rückentwicklung zum Steinzeitmenschen?) durchgemacht. Den Tag nach dem vorhergehenden galt es zu überleben, und die .erfolgreiche Bewältigung der einen lebensbedrohlichen Lage schuf die Energie für die geradezu erwartete nächste. Überdies war der Tod durch Rauchvergiftung ähnlich dem durch Vergasen, und dieses Schicksal dämmerte in jedem Kopf, wobei der Überlebenswille mit dem bevorstehenden Kriegsende täglich anwuchs. Jeder Tag erhöhte proportional zur überstandenen Gefahr die Kräfte, und aus verbrannten Mauern bestehende Häuser ohne Eingeweide am Streckenrand schenkten uns die dort erstorbene Hoffnung.

Erleichterungen als solche hinzunehmen, ohne sich mit deren Gründen tiefer auseinanderzusetzen, liegt in der Natur des Menschen. Mit der Länge der Reise erhöhte sich das Platzangebot, und die gleichbleibenden Rationen führten bereits zu individuellen Sicherheitsvorräten. Wenn auch Irritationen durch Sackbahnhöfe und die Wechsel zwischen Dampf- und E-Loks auftraten, ahnten wir doch das bald bevorstehende Ende unserer Fahrt; das Großdeutsche Reich konnte ja nicht mehr so groß sein. Möglicherweise stecken in uns Erfahrungen unserer Vorfahren(r), denn selbst uns ging es wie jedem Reisenden. Den Ort erreicht zu haben, sich von Begleitern zu verabschieden, das Langsamerwerden des Transportmittels, der endgültige Halt: Es ist das Setzen des Fußes vom meerbewegten Schiff an Land.

Unsere Vorbereitungen waren einfach. Diszipliniertes Aussteigen und rasches Antreten in Reihen ersparen Prügel. Keine Anzeichen von Schwäche zeigen, sonst droht schon an der Rampe Selektion. Forschendes Umherschauen kann tödlich sein, und der zwangsläufig verschlagene Blick darf höchstens bis zum zweiten Uniformknopf des Ansprechenden gehoben werden.

Wir waren am Ziel und am Beginn des Endes der Reise: Wir waren in Dachau angekommen. End-lich.

FOLTERMALE

Allen Körpern teilhaftig
wird eine Berührung:
an Beinen und Schultern gehalten
abwärts im Sarge versenkt.
Verscharrt, verfeuert, mit Marmor bedeckt,
versehen mit Kalk, Weihrauch und Orden –
vergessen, beheuchelt, zu Göttern erhoben:
Kadaver bleiben sie alle.
Gezeugt schon mit diesen vier Malen,
um griffig zu sein beim Ruf der Posaune.
Vier Male, wie jenem Sohn Gottes geschlagen,
am blutigen Freitag vor Ostern.
Seine Geste der leeren gefolterten Hände,
ein Zeichen verlorener Omnipotenz?
Oder doch Schale um aufzunehmen
das stigmatisierte Bild Gottes?

ERFÜLLTE LEBEN

33

Er   Sie
wirbt   liebt
kauft   spart
trinkt   träumt
zeugt   stillt
kotzt   putzt
herrscht   kuscht
geht   bleibt
zahlt   zählt
stirbt   lebt
        endlich

KLASSEN-

Vor seinem Grab geschäftige Honoratioren,
In seinem Grab verschwenderisch Platz für den Sarg,
Eckgrundstück zeitig gesichert vermittelst Option.

Vor seinem Tisch klopften Herzen hoch in den Hals,
Hinter dem Tisch wurde keines gehört:
Stumm blieb der Stein vom „Holländer Michel".

Vor seinem Boot schäumen schwarz die Wellen des Styx;
Der ist seines Opfers sich sicher:
Der Stein versenkt ihm den Nachen.

-KAMERADEN

Vor seinem Grab betroffen die Handvoll Proleten,
In seinem Grab kaum Platz für den Sarg,
Sozialverträglich auch hier die Bescheidung.

Ein Schreibtisch war nie ihm beschieden,
der Sitz bloß ein Holz zum Bier aus gemeinsamer Flasche:
Die „Sterntaler-Fee" bevorzugte breitere Türen.

Vor seinem Boot schäumen schwarz die Wellen des Styx;
Der ist seines Opfers sich sicher:
Ein Leck versenkt ihm den Nachen.

DER WEG ÜBER DIE STRASSE

1943 haben leibhaftige Justizräte in ihrer Wohnung im vornehmen Beethovenviertel Stallhasen gehalten. Es klingt heute paradox, aber so ein vornehmer Herr hatte es notwendiger als mein Großvater, der als ärmlicher MAN-Rentner neben den Hasen noch Hühner in seinem Gärtchen halten konnte.

Ich wohnte in dem Augsburger Vorort Pfersee und trieb mich am liebsten auf dem Griesmann-Bauplatz herum. Dieser Ort hieß so, obwohl dort von der gleichnamigen Firma nur kärgliches Baugerät gelagert wurde. Dessen allmähliches Verschwinden, je nach Holzanteil, wurde von der Eigentümerin ebenso toleriert wie das Hinauswachsen von »verirrten« Tomatenstauden und Kartoffelbeeten aus den umgebenden Hausgärten. Wenn »Tante Thea« Griesmann einmal auftauchte, brauchte man nicht zu verschwinden. Sie ließ uns Kinder gewähren, wenn wir aus den verwilderten Holunderbüschen abgebrochene Zweige herausschleiften und die Äste zu Flöten, Blasrohren und Schleudergabeln umar-

beiteten. Sie brauchte keine Verbotstafeln für ihre
Autorität, und damals hafteten selbstverständlich
die Mütter - die Väter waren im Krieg - und Großeltern für die Kinder. Wir ahnten damals nicht, daß
sie seit 1942 an einer schweren Hypothek auf einem
1×2 m großen Grundstück ihres Mannes in Rußland zu schleppen hatte.

Um an diesen Bauplatz zu gelangen, mußte ich,
von einer Seitenstraße her kommend, die breitere
Adalbertstraße überqueren. Auf dieser Straße wurde zweimal am Tag ein Zug mit ca. hundert KZ-
Häftlingen vorbeigeführt. Sie kamen oder gingen
angeblich von der Zuckerwarenfabrik Reitenberger
zur Nähfadenfabrik in Göggingen. Dieser gewohnte Anblick der Männer in Sträflingskleidung, die
schwerfällig in plumpen Holzschuhen zwischen einigen auf den Gehsteigen mitschlendernden Posten
daherschlurften, reizte meine Neugier längst nicht
mehr.

DAS KIND

Eines Tages schickte mich meine Großmutter mit
Messer und Schüssel zum »Bauplatz«, um Millidi-
steln (Löwenzahn) zu stechen. Warum mir diese
Arbeit so besonders verhaßt war, kann ich mir bis

37

heute nicht erklären. Ließ ich mich doch für gängige Hilfsarbeiten im Mietgarten gerne gebrauchen. Wasserpumpen z. B., wo man mittels ausgedienter Ofenrohre den Strahl in verschiedene Fässer lenken durfte und versuchte, durch ungleichmäßiges Pumpen die flinken Wasserläufer zu treffen, mochte ich sogar. Aber diese mühsame Arbeit, Hasenfutter zu suchen, trieb dem Siebenjährigen Tränen der Wut ins zornrote Gesicht. Lustlos und nachlässig stocherte ich eine mäßig volle Schüssel zusammen, geschickt höchstens im Vortäuschen größeren Volumens.

Auf dem Rückweg versperrte mir der Zug der KZler den Weg. Diese Bezeichnung war für mich wertfrei und nur zum Nachschreien anderen Buben gegenüber geläufig, denen man wegen der Läuse die Köpfe geschoren hatte. Während ich die Blechschüssel vor meinen Kinderbauch drückte, trat hastig einer der Drillichmänner zwei Schritte aus der Kolonne und griff sich eine Handvoll meines Grünzeugs. Ich schrie sofort empört auf. Ob dadurch oder durch die Bewegung aus der Reihe aufmerksam geworden, schlug ein Posten mit dem Gewehr auf den Mann ein.

Am Ende dieses verlorenen Haufens wurde immer ein Kasten auf Eisenrädern mitgezogen; darauf hockten oder lagen manchmal welche. Auch der Mißhandelte landete dort.

Beeindruckt hat mich das Geschehen nicht, wahrscheinlich weil ich kein Schreien oder Blut wahrgenommen habe. Ob ich den Vorgang zu Hause geschildert habe, weiß ich nicht mehr. Falls ja, dann bestimmt nur, um meinen kärglichen Ertrag zu rechtfertigen. Heute ist es eine Erinnerung wie andere auch, denn ich hätte mich bei Millidistelndiebstahl gegen jeden gewehrt. Erklären würde ich »ihm« das aber schon wollen. Diesen Menschen treffen? Ja, ob er sich in mir erkennt?

DAS OPFER

Mit den Jahrzehnten habe ich mit meiner Vergangenheit zu leben gelernt. Die Träume, wie sie diejenigen, die sich an mir versündigt haben, nicht schlimmer heimsuchen könnten, entfernen sich. Der damaligen Wehrlosigkeit und der Angst vor dem Tod habe ich mich geduckt entgegengestellt. Heute glaube ich ruhig sterben zu können, denn ich bin einer der Auserwählten, denen das Leben zweimal vergönnt ist.

Wenn ich gelegentlich nach Augsburg komme, habe ich manches aus meiner schweren Zeit als KZ-Häftling erstaunlicherweise in positiver Erinnerung. Ich bin schon mehrere Male unsere Marschroute von und zur Arbeit gegangen. Die Tage mit bösem Regen, der uns den Stoff an die Haut frieren ließ, tun nicht mehr weh.

Wenn der Flieder aus den Vorgärten duftete, führte das Wissen, wieder einen Winter überstanden zu haben, zu einem heute nicht mehr erlebbaren Hochgefühl. Frauen und Kinder badeten unter den zwei Eisenbrücken, die wir täglich polternd überquerten - es war Sommer. Man begegnete Radfahrern, die unsertwegen absteigen mußten; ich blickte in Gesichter, und die einen oder anderen Augen antworteten mir.

Wir hatten es gut getroffen, da man ein »Soll« von uns verlangte. Wir wußten unser Glück besonders zu schätzen, da ein gewisser Nachrichtendienst funktionierte. Der Wille zu überleben wurde um so stärker, je mehr Schicksale aus der Gemeinschaft sich erfüllten. Mich hat Gott am Leben gelassen, obwohl ich ihn versucht habe. Wie konnte ich mich nur 1943 hinreißen lassen, einem Kind ein bißchen Grünzeug zu stehlen. Ich Untermensch einem Arier.

Als ich nach dem Kolbenschlag auf dem Wagen lag, preßte ich mir die Faust ins Gesicht, um nicht zu schreien. Ich spüre noch heute den widerlichen und doch nach Leben schmeckenden Duft der Löwenzahnmilch. Ich mußte nicht nur überleben, denn das reichte ja nicht, ich mußte mit den gebrochenen Rippen arbeiten können. »Arbeit macht frei«. Gott hat mich arbeiten lassen. Nur dieser kleine Mensch, wie kann der leben? Welche Macht kann denn schon ein Kind so erziehen? Wenn ich nur seine Entwicklung kennen würde! Ist er ein Herrenmensch geworden? Hat er unser Erlebnis verkraftet? Oder vergessen? Den Menschen treffen. Ja, ob er sich in mir erkennt?

DER TÄTER

Seit kurzer Zeit genieße ich meine Pension. Wir Eisenbahner müssen bis zum 65. Lebensjahr arbeiten. Das ist auch so eine Ungerechtigkeit - wenn man diese lange Zeit an sich vorüberziehen läßt. Gut, es gab auch Vorteile. Im Krieg zum Beispiel war man als Rangierer unabkömmlich und mußte nur zusätzlich Luftschutz oder Wachdienst leisten.

Wenn ich lese, welche Verfahren heute noch angestrengt werden gegen Wärter in den KZs, die

Leute haben doch längst durch ihre jahrzehntelange Angst vor Entdeckung gebüßt!

Und dann die Verdrehungen. Da würde heute eine Staatsaktion daraus gemacht, daß ich 1943 so einem Volksschädling die Knochen poliert habe. Ich hätte den sogar in den Rücken schießen dürfen - so quasi »auf der Flucht erschossen«. Aber zu seinem Glück hat mein gutes Herz gesiegt. Würde der mich heute erkennen? Verkennen? Dankbar sein? Bestimmt nicht. Der Mensch vergißt ja so leicht. Besonders das Gute, das man ihm getan hat.

Dieser Sträfling lebte nach Kriegsende nicht auf Lebensmittelmarken. Allein mit seiner Wiedergutmachungszahlung hat er entweder eine Firma gegründet oder Grundstücke gekauft. Ich habe ihn Millionär werden lassen, und er hat nichts dafür getan. So ist das immer schon gewesen: zur rechten Zeit die richtige Uniform.

Unsere Hände dürfen zeitlebens bestenfalls abheben, die Karten mischen und geben tun die nagelgefeilten. Sakko und Hose sind bei denen Ton in Ton, und sie haben je nach Erfordernis den passenden Anzug im Schrank. Ich trage eine Kombination von schwarz + rot, gehe demgemäß jeden Sonntag vor dem Frühschoppen in die Kirche, zahle Kirchensteuer, aber auch SPD- und Gewerkschaftsbeiträge.

Vor meiner Silberhochzeit habe ich sogar gebeichtet. Obwohl, das war nur eine Formsache. Womit kann sich denn unsereins überhaupt versündigen? Das mit der geglückten »Fehlgeburt« meiner Frau hätte der junge Kaplan ohnehin durchgehen lassen, darum habe ich es gleich gar nicht gesagt. Vor Ostern ist deshalb die Schlange vor seinem Beichtstuhl auch doppelt so lang wie vor dem des alten Stadtpfarrers.

Die Wegstrecke der KZler von damals spaziere ich manchmal nach. Der Vorort ist heute eine gute Adresse. Die alten Häuser wurden geschmackvoll und für viel Geld herausgeputzt, sind wahrscheinlich schöner als ursprünglich, die Halterungen der Dachrinnen jetzt kupfern. Vorher waren sie eisern. Man konnte dabei die Hälften der geteilten Eisenringe verwenden, durch die man früher die Fahnenmasten gesteckt hatte. Vorsichtshalber hatte man diese Befestigungen beim Einmarsch der Amerikaner vom Gartenzaun abgeschraubt und die Holzstangen verheizt. Schön, daß Luftangriffe so eine Großfamilie von Häusern verschont hatten. Auch vom Nationalsozialismus bekam man dort nicht viel mit. Hier wurde untereinander geheiratet, geerbt, aus Angestellten wurden Handlungsbevollmächtigte und aus Amtsrichtern Oberamtsrichter. Ich liebe diese Beständigkeit. Auch die Straßennamen wurden, wenn schon, dann nur geringfügig angepaßt. Aus Adalbertstraße wurde Hans-Adlhoch-Straße. Bestimmt auch einer von denen mit der rechten Uniform zur rechten Zeit.

Anmerkung; Hans Adlhoch, geb. 1884 in Straubing, war Arbeitersekretär der katholischen Arbeitnehmerbewegung in Augsburg. Nach Gestapohaft 1935 wurde er nach dem 20. Juli 1944 ins KZ Dachau gebracht. Er starb am 21. Mai 1945, wenige Tage nach der Befreiung, an den Folgen totaler Erschöpfung unerkannt in einem ungarischen Militärkrankenhaus in München.

WECHSELKURS DER SILBERLINGE

Jean Brittain, ein Berufsfischer und Gelegenheits-fährmann, hatte immer Gerüchte angezogen. Dieser gleichzeitig unterwürfig-verschlagene wie brutale Typ konnte sich in seiner Umgebung gut tarnen, waren doch Kollegen und Mitbewohner des wie ein Abwrackplatz wirkenden Atlantikortes, gelinde gesagt, schwer zugänglich.

Diese Charakterisierung veranlaßte auch die deutsche Besatzungsmacht des Jahres 1941, den strategisch unbedeutenden Küstenabschnitt wenig bis gar nicht zu beachten, um der Résistance nicht noch eine weitere Angriffsfläche zu bieten. So ein De-facto-Niemandsland duldeten die Deutschen umso leichter, als sie infolge geographischer Gegebenheiten den dahinterliegenden Grenzabschnitt als Sperriegel ausbilden konnten.

Dort funktionierte eine Art Pseudoehrgefühl in den Herren mit den besonderen Spiegeln an den Uniformkragen, ebenso wie bei denen mit den Ledermänteln: Gefaßten Spionen (der Begriff Agent war damals dem Handel vorbehalten), die es versucht hatten, diese Barriere in der einen oder anderen Richtung zu überwinden, wurde kein Pardon gewährt. Sie hatten keine Chance, sich – in welcher Form auch immer – freizukaufen, und wurden gnadenlos behandelt.

Andere Menschen, die sich bis hierher durchgeschlagen hatten, erlebten das Glück – und konnten es nur als solches empfinden –, von einer Schleusergruppe zu hören. In Zusammenarbeit mit einer Clique oben beschriebener Herren über Leben und Tod vermittelte eine Handvoll krimineller Franzosen Zeit und Ort, um die letzte Station vor der englischen Küste zu erreichen.

Diese Information hatte man teuer zu bezahlen. Als Währung wurden nur Pfund Sterling, Dollars, Schmuck oder Edelsteine akzeptiert. Die Bittsteller waren meist Juden, Intellektuelle, Verbrecher (erstaunlicherweise ist wenig über Kriminalität während des Krieges bekannt, obwohl viele Waffen verfügbar waren) und auch Homosexuelle. Diese, wie auch Frauen, wurden, um emotionale Verwicklungen gar nicht erst entstehen zu lassen, ebenso wie Zahlungsunfähige ausgeliefert; so konnte in der Statistik der gefaßten Staatsfeinde in Frankreich ein unauffälliger Mittelplatz gehalten werden. Ob man es als Gerechtigkeit des Schicksals bezeichnen darf, daß die deutschen Drahtzieher, als sie nach Osten abkommandiert wurden, noch schnell ihre französischen Mitwisser als Widerstandskämpfer liquidierten? Die Große Nation verlieh diesen Helden, die ihren Aktionen den Decknamen „Marianne den Rocksaum lüften" gegeben hatten, somit nur posthum die üblichen Orden.

Von ihren Wohltätern, die im Vorgriff, aber nichtsahnend von ihrem späteren „Tod fürs Vaterland", ihr Risiko herausstrichen und ihre Beute als Bestechungsgelder – was zum Teil ja auch stimmte – deklarierten, wurden die Flüchtlinge bis in Sichtweite der Lichter des erwähnten Küstenstädtchens geführt. Eingeprägt, aber niemals aufgeschrieben, wurde ihnen der Name Jean Brittain und der Weg zu dessen Haus; das wurde so geheimnisvoll inszeniert, um den Einheimischen die Gloriole von Patrioten zu verleihen. Da bereits vorsortiert worden war, hatten alle Passagiere gerade noch das Entgelt für die letzte Fahrt. Doch verstand es ihr Fährmann, durch äußerste Erpressung noch manchen Goldzahn oder Ring, der eigentlich nur Andenkenwert besaß, zu vereinnahmen. Der weitere Verlauf der Fluchtaktion schien simpel. Er schleppte nachts mit seinem Trawler einen Kahn zu einem wartenden Skipper, der das Boot quasi als Rettungsboot an Bord hieven würde. Das Schleppsystem, so erklärte er, habe den Vorteil, daß man sich beim Auftauchen von Kontrollschiffen trennen könne. Er würde dann auf die Küstenwache zufahren und diese ablenken.

Tatsächlich jedoch hätte er so reagiert wie beim Verpassen dieser Treffen auf See, die bestenfalls „for VIP's only" sorgfältig vorbereitet wurden, oder wie in den Fällen, da es dem Seelenverkäufer unangemessen erschien, die Vorratshaltung zu vieler Anwärter zu finanzieren. Für solcherart Eventualitäten hatte er disponiert. Von seinem Schleppkahn aus konnte er einen Mechanismus betätigen und in dem in seinem Kielwasser schwankenden Boot ein wirksames Leck erzeugen. Und er kannte sein Revier. Dort, wo das Meer alles in sich hineinsog, wo Schiffsteile, wenn überhaupt, erst nach Jahrzehnten ans Licht kamen, dort machte Jean Brittain Klarschiff. Anfangs wunderte er sich, wie geräuschlos und gefaßt die Fluchterfahrenen untergingen. Weil er kein Kämpfen zu beobachten hatte, schätzte er im Laufe der Zeit das Loslassen dieser Menschen vom Leben als Erlösung von der ungewissen Zukunft ein.

Zur Tarnung und aus Gewohnheit fischte er wie immer, war er sich doch auch der Kurzlebigkeit der Konjunktur als Schlepper bewußt. Unerwartet machte er zwar nach der Kapitulation bis Ende des Jahres 1945 noch einmal wohlgefüllte Netze. (Bei diesen Transfers war alles bestens organisiert, manchmal schienen sich sogar die Kontrollschiffe der Alliierten bewußt in die falsche Richtung zu orientieren.) Aber ohnehin hätte der routinierte Fahrensmann Jean bei diesen Passagieren seine Ertränkungsmaschinerie nicht zu gebrauchen gewagt. Zuviel tödliche Kälte strahlten jene offensichtlich an das Beherrschen der Psyche und Physis von Menschenmaterial gewöhnten Herren aus.

Mehrere Jahre noch tauchten Fremde im Ort auf, die sich auf ihrer Spur zurücktasteten. Sie fanden auch den Weg zu ihrem Fährmann und ahnten nichts von dem Metallbolzen, der Styx und Kanal voneinander getrennt hatte. In seinem Umfeld wurde getuschelt, speziell als er sein Schiff mit einem Aufwand modernisierte, von dem manche sagten, daß er höher sei als der Kaufpreis für ein neues; aber so genau konnte man einen Umbau eben nicht beurteilen. Darüber hinaus, was ging einen einer an, der Verbindungen nach oben hatte, war er doch verschiedener Verdienste wegen ausgezeichnet worden. Und sollte es wirklich welche gegeben haben, die ihm mit ihrem Wissen etwas hätten anhängen können, so waren es bestimmt solche, die Grund genug hatten, die eigene Vergangenheit zu hüten.

Als Jean Brittain in einem Alter war, wo er nur aus Sturheit Jüngeren seinen günstig gelegenen Ankerplatz vorenthielt und aus dem gleichen Grund noch auf Fischfang auslief, verursachte ein fremdartiges Mädchen Aufsehen im Hafenbezirk. Obwohl sich manches verändert hatte und man sich nicht mehr so umeinander kümmerte wie zu der Zeit, als alle in irgendeiner Form vom Meer abhingen, sprach es sich schnell herum, in welchem Lokal die schöne Schwarzhaarige bediente. Sie war zwar offensichtlich keine geübte Serviererin, doch glich sie das aus, indem sie sich bei einem längeren Schwatz auch mal auf den Schenkel ihres Gesprächspartners setzte. Allerdings war bereits die Vorderseite der Bluse tabu. Das störte, ebenso wie ihre Vorliebe für ältere Gäste. Sie begründete das, wenn überhaupt, damit, schon früh ihren Vater verloren zu haben, und mit der Bemerkung, daß in den alten Geschichten

Handlungen steckten und nicht nur Action wie bei denen der Jungen.

Dem allein und zurückgezogen lebenden Jean Brittain wurde in provozierender Weise hinterbracht, daß sich das Interesse der jungen Frau augenscheinlich auf die Zeitspanne der Vergangenheit richte, von der keiner etwas wissen wolle, der etwas von ihr wisse. Um eine aufsteigende Unruhe zu bekämpfen, suchte er baldmöglichst, jedoch zu einem ihm geeignet erscheinenden Zeitpunkt die Begegnung. Das spontane Gefühl einer besonderen Verbindung hielt er, dessen Erfahrungen mit Frauen sich auf die Herumhurerei mit abgewrackten Prostituierten beschränkten, für Liebe auf den ersten Blick. Seine Werbung war kurz und direkt. So wie er während des Krieges das Fischen mit Handgranaten den ohnehin nicht gerade subtilen üblichen Fangmethoden vorgezogen hatte. Sie brachte ihren Koffer zu ihm. Sie brauche keinen Trauschein. Einen Ring? – Einen Ring ja, den könne er ihr schon einmal kaufen, sagte sie. Das wäre dann die Hochzeit. In seiner Art von Liebesbezeugung bedauerte er es, die meisten und vor allem die wertvollsten Schmuckstücke, die mit Menschenleben bezahlt worden waren, nach und nach, vorsichtshalber jen-

seits des Kanals, verramscht zu haben. So konnte
er ihr jetzt nur ein paar billige Armreife und Ringe
schenken. Zu seiner Überraschung und Genugtuung zeigte sie sich tief bewegt von seiner Großzügigkeit und versicherte ihm, die Stücke in größten
Ehren zu halten. Wäre er nicht so sehr durch seine
Zufriedenheit abgelenkt gewesen, hätte er bemerkt,
daß ihre Lippen tonlos, ohne zu zögern, die Eingravierungen ablasen.

Obwohl damit die internen Formalitäten zum
Vollzug ihres Verspruchs gegeben waren, vertröstete
sie ihn auf den nächsten Tag. In Betten hätte sie sich
schon von vielen Männern nehmen lassen, aber diese besondere Vereinigung wolle sie gern auf einem
Schiff erleben, unter freiem Himmel und mit dem
Wasser als Zeugen.

So legte Jean Brittain am Morgen, noch im Nebel, ab. Bereits am selben Abend spülte die Flut seine Leiche mit anderem Unrat an Land.

Es müsse wohl eine außergewöhnliche Strömung
geherrscht haben, daß das Meer ihn so schnell habe
loswerden wollen, meinten die Fachleute. Wie sich
das aber mit der Tatsache vereinbaren lasse, daß
Frau und Schiff verschollen blieben, also an der berüchtigten Stelle des Atlantik versunken sein muß-

ten, aus der er keine Spur freigab? Da zuckten sie mit den Achseln und schauten sekundenlang ins Leere. Aber nachdem das Meer jeden Tag irgendwo ein neues Geheimnis bedeckt, kam es auf dieses, das ohnehin keinen recht berührte, nicht an.

DIE KEHRSEITE DER MEDAILLE

Man findet es, da oder dort, sagt man und meint, es befände sich.

Irgendwo. In einer unzugänglichen, also schwer zugänglichen Schlucht im Bereich der ehemaligen, unvollendeten Alpenfestung steht auf einem Granitsockel ein Kreuz mit einem Bronzerelief. Die Aufschrift und vor allem der Name, unterhalb eines Profils ähnlich einer Medaille ausgeformt, sind bestenfalls bruchstückhaft leserlich – man mag es bedauern, besser aber nicht. Jahrelang wurde die Stätte mühsam, jedoch regelmäßig von ausgesuchten Alpinisten durch Blumenschmuck, sogar Edelweißsterne waren darunter, geehrt. Doch seit vor geraumer Zeit Zweifel an der Ehrwürdigkeit der Person aufgetaucht waren, überließen es diverse Gremien dem Wildwuchs der Natur den so genannten Mantel der Geschichte zu einem Leichentuch zu verlängern. „Die Geschichte wird richten" – so Tucholsky – „das tut (dem Schuldigen) nicht weh."

Weil Gedanken an eine Fluchtburg in den Alpen zu Zeiten des Glaubens an den Endsieg geradezu Vaterlandsverrat dargestellt hatten – sagte doch der Reichsluftmarschall Göring, er wolle Maier heißen, sollte jemals ein alliiertes Flugzeug deutsche Grenzen überfliegen – wurden die ursprünglichen Planungen und ihre Realisierung erst wieder 1942, dann jedoch mit höchster Priorität und unter strengster Geheimhaltung aufgenommen. Bauleiter einer solchen Arbeitsgruppe war ein linientreuer Diplomgeologe, dekorierter Erstbesteiger und Fachmann im Tunnelbau. Er verkürzte seinen Vornamen, Vertrauen und Sympathie erweckend, zu Anderl; im Weitern aus verständlichen Gründen nur noch A. genannt. Für die Auswahl des erforderlichen Personals eignete sich das großzügig angebotene „Menschenmaterial", gepreßt aus Kriegsgefangenen, KZ-Häftlingen, Strafkompanien und ähnlichem „unwerten Leben" nicht. A. stellte kraft seiner Vollmachten mittels Lagerbiographien, alter, wahrhafter Seilschaften und vor allem Vereinsregistern von Bergsteiger- und Skivereinen seine Truppe aus Sklaven unterschiedlicher Rangfolge zusammen. Die Fundgrube schlechthin bildeten Mitgliederlisten: Wurden doch stolz die Namen aller 1933 ausgeschlossenen jüdischen, später auch die der Nichtparteimitglieder und Ehrlosen an die Gauleitungen gemeldet. Anforderungsprofil heißt das Schlagwort heute; auf die zweite Worthälfte ist noch einzugehen.

Rasch war A. bewußt, daß Organisation und Geheimhaltung nicht miteinander vereinbar sein konnten. Zudem lebten die ursprünglichen Gerüchte aus der Zeit der Vermessungsarbeiten wieder auf. Auch sein bayerischer Dialekt konnte einen alten Bauern – die jungen dienten Führer, Volk und Vaterland an der Front – nicht besänftigen. „Du machsch mit Deine preissischen Wachsoldaten a Sperrgebiet, da wo seit hundert Jahren unsere Küh weiden. Bei Gott alle Hoilige, moinsch Deine Kanonen schießen ohne Butter und Deine Heldenmütter ziehen ihre Kinder mit Magermilch auf?" Auch der Pfarrer fürchtete um seine Autorität und bestand auf seiner Bergmesse. Mit Gewalt oder gar standrechtlich war nichts auszurichten. Wohl oder übel brauchte A. die Kenntnisse der Einheimischen und dabei gerade der Alten. Einem Allgäuer Bauern seinen Eigensinn gegen Geld abzukaufen unterließ er getrost. Er wusste um die Anfälligkeit seiner Mission im Winter, zu Zeiten der Schneeschmelze und bei Lawinenabgängen. Anhand des täglichen Versorgungsbedarfs dürfte längst einer der kriegsgefangenen Gebirgssoldaten aus dem Kaukasus, übrigens seine mutigsten Leute, den ungefähren Personalstand weitergegeben haben. Der Nachschub von Menschen und Werkzeugen konnte trotz aller Tarnmaßnahmen ebenfalls nur bedingt verborgen bleiben. Wenig Aufwand dagegen verursachte die Entsorgung Verunglückter und an Erschöpfung Verstorbener. Abraum gab es genügend: Granit deckt gnädig.

Für die rein physischen und medizinischen Bedürfnisse standen A. praktisch unbegrenzte Forderungsmöglichkeiten an das Heereszeugamt zu. Selbst ein Arzt, bewußt ein Jude, ausgewählt wegen des mentalen Zugangs zu den Gefangenen, wurde ihm bewilligt. Spekulation auf etwaige „Großzügigkeit" sollte jedoch niemand zu Anflügen von Kameraderie verleiten. Gerade diejenigen, die um seine sportlichen Meriten wußten und ihm damit zu schmeicheln versuchten, behandelte er besonders brutal. Wie viele Extrembergsteiger war er ein selbst- und erfolgssüchtiger Einzelgänger geblieben. Seine Motivationsfähigkeiten waren ebenso so simpel wie pragmatisch: „Hier gibt es ausreichend Fressen für die Arbeit und genügend Arbeit, damit ihr keine Weiber braucht. Laßt euch nicht von fehlenden Gaskammern täuschen, ich habe für jeden von euch einen Schuß, ich brauche keinen zweiten.“

Diese Gewaltherrschaft übte er auch gegenüber seinen uniformierten Untergebenen aus, obwohl diese wie er Soldaten waren, gleichermaßen vereidigt. Seine Unbeherrschtheit verstand er im Einzelfall einem kaltschnäuzigen Kalkül unterzuordnen. So hatte er gleich zu Beginn einen Unteroffizier wegen eines unbedeutenden Dienstvergehens zurück an die Front nach Russland gemeldet. Und gerade weil das nur einer Kleinigkeit willen geschehen war, erhärtete es seinen gnadenlosen Ruf. Anlässlich eines späteren Appells vermeldete er, ohne Rücksicht auf Wahrheitsgehalt, den Tod des in ein Strafbataillon Versetzten.

Als Eingeweihter wusste er auch um die geografische Schwindsucht des Großdeutschen Reiches. Unterschiedliche, aber in jedem Fall bedrohliche Konsequenzen sah er auf sich zukommen. Nach Fertigstellung seines Werkes würden Heeres- und Reichsführung ihn, den Geheimnisträger, ähnlich wie die Pharaonen ihre Baumeister liquidieren. Sollte er das sich bereits abzeichnende Organisations- und Versorgungschaos zu unauffälligen Verzögerungen ausnützen, so drohte ihm bei Entdeckung die Hinrichtung wegen Hochverrats. Überlebte er das Ende dieses verloren gehenden Krieges, so musste er die Rache der Lagerinsassen in gleichem Maße fürchten wie die der Angehörigen Ermordeter.

Seinen Verhaltenskodex änderte A. nach dem System der Sanduhr: Die Menge seiner täglichen Unmenschlichkeiten verlor sich ebenso gleichmäßig, wie umgekehrt im selben Maße seine Zugeständnisse zunahmen. Zuvorderst musste er sich der Zeugen seiner Anfangszeit entledigen. Er setzte diese Menschen zu Himmelfahrtskommandos ein und manipulierte eigenhändig die Sprengstoffmengen. Einem, der ihm von früheren Bergprozessionen bekannt war und dessen Verbrechen in der Mitgliedschaft in einer christlichen Gewerkschaft bestanden hatte, steckte er einen Tourenplan zu, nicht ohne den Hinweis auf vorhandene Trittsicherheit, Ungefährlichkeit und denkbare Anzahl von Begleitern freier Wahl. A. hatte seine Sprengfalle so dimensioniert, dass Wucht der Detonation und des Steinschlags ununterscheidbar in einander übergehen würden. Sollte tatsächlich einer verletzt überleben, so würde die im Tal allgegenwärtige SS den Rest vollziehen.

Sein Wachpersonal, auf das er bis zum letzten Tag, den er bestimmen würde, angewiesen war, machte er, soweit nicht schon früher geschehen, zu Mittätern. Er erteilte eindeutig missverständliche Erschießungsbefehle, die er dann vor Zeugen als höchst strafwürdiges Fehlverhalten protokollierte. Den Betroffenen spiegelte er, offiziell weiterhin den Erfolg verkündend, im internen Kreis Hoffnung auf eine Amnestie anlässlich der Feiern zum Endsieg vor. A. entwickelte sich zu einem Fürsten Potemkin im Bau von Felswällen, und die sie aufschütten durften, waren von dieser Arbeit begeistert. Verstanden sie es doch als ein Zeichen baldiger Befreiung. Der Chef zeigte offensichtlich Großmut und machte sogar indirekt auf Fluchtmöglichkeiten und Abstiegswege aufmerksam, indem er von eigenen Bergtouren erzählte.

Als seine Lebens- bzw. Überlebensversicherung baute er auf eine Gruppe von vier Mann, die er mit Karten, Ausrüstung und Proviant zur Flucht veranlasst hatte. Er wusste um ihren politischen Einfluss und weltweiten Bekanntheitsgrad. Für solche Persönlichkeiten würde selbst die nahe „Festung Schweiz" ihre Zugbrücke herunterlassen.

Der Krieg war zu Ende. Die Alpenfestung bereits vor dem Hebauf Ruine. Der jung verheiratete Bauherr in Berlin verblichen. Die zerstreuten Familien fanden sich. Jeder arrangierte sich mit seiner Vergangenheit. Man erinnerte sich an die Bösen und die paar Guten. Die erwähnten vier Privilegierten machten in USA Karriere, andere arbeiteten auf dem Bau – nun gegen Entgelt; aus dem Wachpersonal wurden Postsekretäre oder Amtsboten bei wohlmeinenden Amtsgerichtsdirektoren. Nur A. blieb verschwunden.

Ihn jedoch wollte die Mutter des erwähnten Gewerkschafters ins Verhör nehmen. War doch mittels verschiedener Kanäle, sich durch mehrfache Weitergabe allerdings zum Teil widersprechend, zu ihr durchgesickert, ihr Sohn sei in die Berge verbracht worden. Selbstverständlich würde er dort hart arbeiten müssen: Wasserleitungen bauen, Bäume fällen, Wege ausbessern, aber in seinen Bergen, deren Licht und deren Luft einatmen können, eine Amsel hören, kaltes Gebirgswasser mit dem heißen Gesicht trinken. Sie ahnte nicht, dass in den Bergen innerhalb der Berge bedeutete: Wochenlang künstliches, grelles Licht und Steinstaub in den gequälten Lungen, Kreischen von Metall auf Stein, ausdörrende Hitze in Tunnels und Stollen.

Verunsichert, aber doch mit täglich gebeteter Hoffnung (hatte sie doch im Beichtstuhl von ganz anderen, schrecklichen Schicksalen gehört) ersehnte sie das Kriegsende. Nach der Kapitulation beruhigte sie sich geradezu mit dem Gedanken, ihr Sohn verstecke sich während des Sommers 1945 im Allgäu, um nicht in Gefangenschaft, schon gar nicht in französische, zu geraten. Eines Nachts stünde er abgemagert, vom Wetter gezeichnet, aber lebensbejahend vor ihrer Türe. Als aber auch der Winter vergangen und mit dem Schnee auch der letzte Glaube dahin geschmolzen war, verband sie ihr finales und äußerstes Lebensziel mit A. Aber auch der blieb unauffindbar.

Viele Vermisstenanzeigen stellten nur taktisch bedingte, leere Hoffnungshülsen dar. „Vermisst in Stalingrad" war eigentlich eine Todesmeldung. Nachdem über manches Bild gependelt und viele Karten gelegt worden waren, eroberte sich das Leben neues Recht.

Jahrzehnte später machte sich eine Aufklärungsindustrie in Zeitungen und auf Bildschirmen ans Werk. Sehr vermögende und wichtige Leute aus dem Ausland setzten eine öffentliche Ehrung der Person A. als Befreier durch. Die pubertierende Bundesrepublik zählte froh jeden Widerstandskämpfer und stellte großzügig mehrere Quadratmeter Schlucht

für Denkmalszwecke zur Verfügung. Die Gebirgs-
jäger durften bei Zapfenstreichen im wahrsten Sinn
des Wortes ins gleiche Horn stoßen. Ein entfernter
Verwandter von A. erhielt eine Medaille mit dessen
Profil, das der Held doch gegen Gewalt gezeigt hatte. Und die Gebirgssonne schien über Gerechte und
Ungerechte.

Eine alte, verbitterte Frau ließ einen jungen Historiker aus der Nachbarschaft nicht in Ruhe: „Sie
kennen sich doch in der Kriegszeit aus. Forschen Sie
nach dem Schicksal meines Sohnes. Ich vererbe Ihnen mein altes Reihenhaus." Der Mann fand nichts
in den Bergen, aber in den Archiven. Es bedurfte
vielfältiger Überzeugungsarbeit, umso mühsamer, je
höher die angesprochenen Regierungsstellen berg-
wärts angeordnet waren, Denn derartige Denkmäler
stürzt man nicht, man lässt sie allenfalls zerbröseln.
Verständlich, wenn man bedenkt, wie schwer es
manchen Kommunen gefallen ist, Adolf Hitler die
Ehrenbürgerwürde abzuerkennen.

Eine Gewissheit schaffte der Klimawandel. Gab
doch ein Wildbach in einer Höhlung ein Gerippe frei,
an dem die Jahreszeiten mit Wasser und Eis und Ge-
röll geschafft hatten, Pathologen ordneten es A. zu und
stellten als Todesursache eine Schußverletzung fest:

– Von Flüchtigen, die Angst vor ihm hatten?

– Von SS Soldaten, die nichts mehr zu verlieren hatten?

– Von einem seiner Wachsoldaten, der keine Amnestie erwarten durfte?

– Von A. selbst, hatte er doch für jeden einen Schuß?

Die Geschichte wird richten und jede Medaille hat bekanntlich zwei Seiten.

POST AUS WORONESCH

Diese Stadt in Russland sollte die von mir schon lange erwartete Drehscheibe für meine letzte Dampflokomotive werden. Ich habe für das Heer seit Kriegsbeginn im September 1939 alle Typen gefahren: Gen Polen und Frankreich mit Girlanden verziert, Belgien, Holland, Italien. Immer Volldampf: Räder müssen rollen für den Sieg! Die Technik blieb gleich; wenn andere Spurweiten und ausländische Armaturen Anpassung erforderlich machten, konnte sich die Reichsbahn auf ihren Lokführer und Heizer verlassen. Ja, die Reichsbahn (noch nach 1945 nannten sich Reichbahnräte so, weil sie von dieser zum Rat ernannt worden waren) hatte auch ihre Vorschriften und die hatten zum Teil sogar Priorität. In den Vogesen verweigerte ich einen Zug mit vom General geforderter Überlänge zu fahren. Ein Franzose sprang ein und ließ den Munitionszug samt SS Wache vom höchsten Punkt aus rückwärts zu Tal donnern; das Blitzen erfolgte dann zwangsläufig. Die zuständige Reichsbahndirektion stellte ordnungsgemäß den Verlust wegen unsachgemäßer Bedienung in Rechnung, wie ja auch alle Transporte in Vernichtungslager korrekt ins Soll gesetzt wurden.

Das waren Zeiten, besonders die vorgegebenen Ruhezeiten möglichst in französischen Weinorten. Unsere Kollegen in der Heimat habe ich anstandshalber mitbedacht. Die wussten via Bahnnetz Bescheid, lotsten mich auf den vorbestimmten Prellbock und hielten die mitgebrachten Transportmittel bereit. Der Rangierschaden war durch angeblich von Reichsfeinden entfernte Bremsschuhe verursacht worden.

Aber Änderungen deuteten sich an: Mein Heizer wurde durch einen allfälligen Pionier ersetzt, Vierlingsflak wurde am Zugende mitgeführt, das Verhalten bei Tieffliegerangriffen geübt und gegen Sabotageakte ein mit Sand beladener Güterwagen vorgespannt. Während es im Westen stockte, ging es im Osten nach Kilometern gerechnet zwar voran, aber selbst ein simpler Lokführer – oder gerade der – konnte sich nicht vorstellen, wie er mittels seines Traumes „Transsibirische Eisenbahn" dieses Riesenland erschließen sollte.

Einen viel zu kurzen Sommer lang war Woronesch in deutscher Hand; für mich aber Endstation, war mir doch über Bahnfunk bekannt geworden, dass Partisanen das Schienennetz hinter der Front zerstört hatten. Wir Eisenbahner waren die Seismographen des Kriegsgeschehens, improvisierten in zerbombten Städten und Bahnhöfen und hätten die gelobten Wunderwaffen längst irgendwo zur Stelle bringen müssen, anstatt immer weniger und erbärmlicheren Nachschub zu leisten.

Im Winter wurde es wieder Woronesh (jetzt russisch gesprochen) und mein letzter Zug sollte ein Lazarettzug sein, der sich täglich mit mehr Verletzten und Halberfrorenen, die ihre Auszeichnung mit Galgenhumor als Frischfleischorden bezeichneten, füllte. Ich wusste mit den Kohlen nicht sparen zu müssen und versorgte die armen Kerle, Ärzte und Rotkreuzschwestern mit Warmwasser und erträglichen Temperaturen. Anfangs hatte das weibliche Personal freudig den jungen Männem in manchen Nöten geholfen und die sterbenden Helden auch hinübergeleitet. Im Laufe der Zeit küsste der verbrauchte Mund nur noch geschäftsmäßig die fiebernasse oder kaltschweißige Stirne und die Lider über starren Augen wurden nicht mehr zärtlich, sondern mit sanfter Gewalt nach unten geschoben. Die tägliche Ration Tod wurde gesammelt, mit Handgranaten eine Grube, genauer ein Loch in den tief gefrorenen Boden gesprengt und dort die Leichen abgelegt. Wenn der Wind günstig stand, somit den Brandgeruch vom Todeszug wegblies, wurde so ein Stapel auch mal angezündet. Der Feldgeistliche sah das nicht gern, denn nicht nur jetzt, auch noch viele weitere Jahre lang galt eine Einäscherung als nicht mit der christlichen Lehre vereinbar. Eine Nutzung im Kessel der Lokomotive widersprach den hehren Ansprüchen des Kommandierenden, der auch die Moral der Truppe gefährdet sah, denn es fällt leichter, einen von Eis und Schnee zusammengekrallten Haufen anzuzünden als einen toten Körper ins Feuer zu schieben.

Von der Ordonnanz zu eben diesem Kommandeur befohlen, ignorierte dieser leutselig meinen halbmilitärischen Gruß und lobte, im übertragenen Sinne schulterklopfend, mein Verhalten. „Gönnen Sie den Kameraden ihre Illusionen, unter dem Schutz des Roten Kreuzes zu stehen. Fällt Ihnen nicht auf, dass kein russisches Flugzeug die Waggons beschießt, obwohl die Dampfwolke ein deutliches Ziel abgibt? Haben Sie also keine Angst, denn der Feind will dieses Wunderwerk deutscher Medizin-, Sanitäts- und Ingenieurskunst unversehrt in die Hand bekommen. Weiter so! Heil Hitler!"

Ja heil, zündete es in mir. Durfte doch keine der tausend Brücken, die ich je überfahren hatte, unzerstört aufgegeben werden. Vorsorglich hatten dort schon zu Zeiten der Siegeseuphorie Pioniere Sprengkammern eingebaut. Diese Männer vom Bau, politisch unzuverlässig (bauen, vernichten, bauen), wurden durch geschulte SS Sprengkommandos für den Vollzug ersetzt. Das also war sie, die Humanmedizin. Prüfend klopfte ich pro forma mit meinem Spezial-Reichsbahnhammer die Bremsen ab und fand verkappte Sprengladungen unter jedem Wagen. Mit dem markanten Geräusch erweckte ich zwangsläufig Erwartungen auf einen baldigen Fahrtbeginn in Richtung Heimat und machte mich so zum Handlanger falscher Hoffnungen. Mir erging es wie weiland Hagen Tronje, der sich durch Gottesurteil überzeugt hatte, er selbst und keiner der Seinen würden zurückkehren. Nur ich wusste es: Der Zug und sein menschlicher Inhalt, wir waren Todgeweihte.

Ärzte und Schwestern glaubten weder an einen glücklichen Ausgang der Kesselschlacht noch gar an einen Endsieg, aber sie waren sich sicher, personell und technisch dank ihres Lazarettzuges von den Russen als Gefangene Erster Klasse behandelt, weil gebraucht zu werden. Bestärkt wurden sie durch den Oberstabsarzt, der drei Semester in Leningrad studiert hatte. Der Umgang untereinander wurde lockerer. Die Henkersmahlzeit für die Verwundeten bestand in großzügiger Morphiumgabe. Auch das durch langjährige Todesnähe geschärfte Ahnungsvermögen ließ sie die Indizien für eine drohende Gefahr nicht schlüssig deuten: Routineamputationen unterblieben, es gab reichlich Alkohol, Schokolade aus der Einheitsblechdose, Tabak in allen Variationen, der sogar überall geraucht werden durfte. Der Zug war die Überhöhung einer Insel; eine Raumstation, umschlossen von erbarmungsloser Kälte, nicht nur aus Eisen, an dem die Hand kleben bleiben konnte.

Täglich setzte ich eine Zuglänge vor, um gewisse Hinterlassenschaften durch Schnee bedecken zu lassen. Immer, wenn die Waggons anruckten, die Kupplungen sich strafften, das typische Rumpeln durch den Zug lief, wurden Gucklöcher in die

Scheiben gehaucht und fragende Geistergesichter sahen mich bei meinem Kontrollgang nach dem Halt an. Dick vermummt wie ich war, brauchte ich mein verzweifeltes Judasgesicht nicht zu verstellen. Nach dem hintersten Wagen fand ich in den letzten Tagen einen Brief, der in einem gefrorenen, deshalb nicht ekelhaften Haufen Scheiße steckte. Ich nahm ihn zu meinem eigenen Abschiedsbrief in eine Cellophanhülle.

Obwohl wir ohnehin einige Kilometer hinter der Frontlinie festsaßen, kam der Befehl, weiter zurückzufahren. Anstelle der verschwundenen Landser tauchte plötzlich eine Handvoll Schwarzunformierter auf. Die Totenköpfe auf ihren Kragenspiegeln waren das Zeichen des nahen Todes. „Komm herunter von Deinem Bock“, sagte einer mit gezogener Pistole. Ich sollte wohl nicht den ultimativen Zeugen abgeben, denn die Lok war ja speziell geschützt. Ich schüttelte nur den Kopf und war ganz der Kapitän auf der Brücke eines sinkenden Schiffs. Der vorgesehene Schütze erledigte seine Aufgabe, ging in Deckung und die Sprengwolke tobte den Zug entlang.

Im Tagesbericht von der Ostfront wurde das feige und der Genfer Konvention wieder einmal widersprechende Verbrechen wider die Menschlichkeit durch Bolschewiken gebrandmarkt. Selbst der heldenmütige Einsatz der Waffenbrüder der SS hatte kein Menschenleben in dem mit Rotem Kreuz gekennzeichneten Zug retten können.

Die Gekados (Geheime Kommandosache) blieb unter Verschluss, da sich die Wahrheit verheerend auf die Moral der Kämpfenden ausgewirkt hätte. So kam es, dass der Soldat Hermann Langhans aus Augsburg offiziell als vermisst an seine Familie gemeldet und bis heute geblieben ist. Ein angekündigter Brief zum Geburtstag seiner Mutter blieb aus.

Ob die Erinnerung an edelsten Champagner Einfluss auf die posthume Beförderung eines Lokführers zum Oberlokomotivführer hatte? Diese Anerkennung, verbunden mit erhöhter Pension, wurde der Witwe ohne Vorbehalt (!) mitgeteilt, obwohl es Gerüchte gab, dass, unter Missachtung bahneigener Vorschriften, durch Überheizung des Kessels der modernste Lazarettzug der Wehrmacht in die Luft geflogen sei. Der Bescheid endete „Mit herzlichem Beileid! Heil Hitler!"
Woronesh - Woronesch - Woronesh
Gekados gibt es täglich und weltweit.

„BRECHT DEN STOLZ DER DEUTSCHEN FRAU"

Diese öffentliche Aufforderung des russischen Schriftstellers Ilja Ehrenburg hatte offiziellen Charakter und galt für die gesetzlosen Tage, die die russische Armeeleitung ihren Soldaten als Belohnung für die Kapitulation „Großdeutschlands" zugestand. Aus den Vergewaltigungen im Mai 1945 an hunderttausenden von Frauen auf der Flucht, in zerstörten Städten, in arglosen Dörfern, entsprangen zehntausende von Kindern.

KIND

einer solchen Gewalttat bin ich. Ich habe körperlich eine gesunde und robuste Natur, im Gegensatz zu meiner seelischen Entwicklung. Wenn ich gehofft hatte, mit dem Erwachsenwerden meine traumatische Kindheit zurücklassen zu können, so ist das Gegenteil der Fall. Zwar habe ich das Glück gehabt, nicht gleich nach der Geburt eines unnatürlichen Todes sterben zu müssen, wie ein Teil meiner Schicksalsgenossen, die in den damaligen Wirren unbemerkt oder von den Nachbarn toleriert verbrannt oder verscharrt oder von NS-hörigen Ärzten mit dem Sakrament eines Totenscheines versehen wurden.

Schon mit acht Jahren wurde mir von meinen wesentlich älteren Geschwistern und mitteilungsgeilen Nachbarn meine Vergangenheit deutlich gemacht. Mein kindlicher Verstand reichte jedoch noch nicht aus, deshalb die ausgebliebene Liebe meiner Mutter und den Haß meines Vaters zu begreifen. Fieberphantasien von ehedem vermischen sich mit Erinnerungen an das neben der Küche einzige Zimmer, in dem mich die Eltern winters bei offenem Fenster und unbekleidet einschlossen. Später erkannte ich auch, warum ich Nachbarskinder, wenn diese mit ansteckenden Krankheiten zu kämpfen hatten, ausgiebig besuchen durfte. Schläge, wie allgemein üblich, fielen bei mir besonders brutal aus, auch in der Schule. Dort schwankte die Verhaltensskala der Lehrer von Ignorierung, über Verachtung, bis zur bewußten Feindseligkeit. Einer, mit Holzbein, verband die Erzählung von entehrten Germaninnen des Altertums mit der Bemerkung, daß für manche deutsche Frau der jüngsten Vergangenheit Selbstmord eine vaterländische Pflicht gewesen wäre. Einzig ein Fräulein Lehrerin, kinderlos versteht sich, strich dem Mongolenkopf unauffällig, aber für mich mit offensichtlich zwiespältigem Gefühl, über das Stoppelhaar. Vom Alter und der Ortsansässigkeit her, könnte auch sie zu dem bewußten, damaligen Opferkreis gehört haben.

Von meiner sogenannten Familie wollte ich ab meinem 14. Lebensjahr nichts mehr hören; nur habe ich mir bis heute das Zaudern nicht abgewöhnen können, wenn ich in Formulare den Namen des Vaters eintragen und dann unterschreiben soll. Als Jahrgang 1946 und ungelernter Hilfsarbeiter ist man nicht mehr vermittelbar gewesen. Da ich jedoch zu DDR-Zeiten ununterbrochen werktätig war, erhalte ich eine vorgezogene, mehr oder weniger berechtigte Berufsunfähigkeitsrente, die ich mir gleichmäßig ersoffen habe. Alleinstehend wie ich bin und immer war, genügte mir das Geld, um in meiner primitiven Datscha zu hausen. Ich bin froh, die Visagen der ehemaligen Kollegen endlich hinter mir zu haben und die Kommentare bei der Pause „sein Tatarenvater hat das Fleisch für sein Brot noch auf dem Pferdesattel weichgeritten, bei dem reichts nur noch bis zum Fahrradsattel".

bin ich gemacht worden in einem Verschlag, in dem ich mich jeweils versteckt habe, wenn russische Soldaten in die Wohnung ein- und über meine Frau hergefallen sind. Ich glaube, sie hat sich nur noch deshalb immer wieder gewehrt, um mich nicht noch verzweifelter werden zu lassen. Geschrien und gestöhnt hat sie erst, als sie nachher weg waren; ihr sicherlich erbärmlicher Anblick blieb mir erspart, da ich ja nicht sehen kann. Ich war einer der wenigen Männer, die nicht in Gefangenschaft oder in Gefängnissen der jeweils Mächtigen gerade überlebten. Das Privileg verdanke ich einer Feuerwolke durch den Sehschlitz eines Bunkers im Westwall, die mir beide Augen und das Gesicht zerstörte.

In meiner Ohnmacht habe ich ohne Rücksicht sofort meinen Samen in den Körper meiner Frau gezwungen, um mir spätere Illusionen zu erhalten. Es war eine erneute Notzucht; ich merkte das, weil sie ihre Fingernägel in mein pulvernarbiges Gesicht krallte. Wäre ich doch gefallen, dann hätte dieser Bastard wenigstens Waisenrente eingebracht.

MUTTER

von vier Kindern habe ich werden müssen und bin heute, Gott sei Dank (blöde Floskel), Witwe. Mein Mann, das Scheusal, ist also rechtzeitig gestorben und dank seiner Kriegsblindheit, komme ich mit meiner Rente gut zurecht. Zu meinen drei leiblichen Kindern habe ich keine Beziehung, wir wüßten nichts miteinander anzufangen, und über alte Zeiten versiegte ohnehin jedes Gespräch. Das Mongolenvieh zähle ich nicht zu meinen leiblichen Nachkommen, habe ich doch alles unternommen die Schwangerschaft zu zersprengen. Ich glaube fast, je mehr ich und der Bader unternommen haben, desto widerstandsfähiger wurde das Stück Fleisch. Als ich einen willigen Arzt gefunden hatte, war es dann zu spät. Unser Pastor war anfangs sehr verständnisvoll, aber nachdem ich stur die Taufe verweigerte, verlor er das Interesse an mir und ich an seiner Religion. Gott sei Dank (schon wieder der) konnte ich das Russenkind bald in ein Heim abschieben, wobei mir der Amtsarzt aus brauner Vorzeit aus Überzeugung geholfen hat. So mußte ich auch nicht mehr die hämischen Bemerkungen ertragen, wenn ich mich mit der Mißgeburt – so nannte ich das kraftstrotzende Kind – irgendwo zwangsläufig hatte sehen lassen müssen. „So eine Schande und auch noch zu doof zum Verhüten, die Russenhure". Das traf schon, obwohl doch bereits neugierige oder vergleichende Blicke zum Verletzen gereicht hätten. Wer der Vater ist, ob einer mit Maschinenpistole, Wodkaflasche, verkotzter Wattejacke oder Weißbrot, hat mich nie beschäftigt.

SOLDAT

war ich vom ersten bis zum letzten Kriegstag. Ich habe die deutschen und die weißrussischen Gräuel gesehen und meine beste Manneszeit im Dreck verbracht. Die wilden Tage nach dem 8. Mai 1945 haben wir uns verdient. Es war ein Rausch sich alles nehmen zu können; wenn man gesehen hat, was die alles hatten, wenn sie noch etwas hatten … Und Frauen gab es … Ich glaube die waren ebenso hungrig nach Liebe wie wir, waren doch die Männer alle im Krieg. Zugegeben Angst hatten sie alle, die Feinen, die Arbeiterinnen, die Soldatinnen und die Bauernmägde. Gewalt, was heißt Gewalt? Das war unterschiedlich, manche haben sich nicht richtig gewehrt, schade, vielleicht waren sie uns aber auch schon gewohnt. Direkt umgebracht habe ich niemand. Böse Träume, schlechtes Gewissen? Meiner Frau gegenüber? Die hätte sogar Verständnis gezeigt, wenn wir eine Tochter gehabt und ich der einen deutschen Vornamen gegeben hätte. Sie hätte mir eine Liebelei mit einer blonden Deutschen verziehen. Na, unter Umständen existiert eine Tochter, falls ich irgendwo meine Manneskraft gegen die meiner Kameraden durchgesetzt habe.

ANALYSE

Ich hoffe auf eine Gefängnisstrafe ohne Therapieauflage. Aber, so sagt der Gefängnispsychologe, auch ein zweiter Gutachter wird von mir die Aufarbeitung meiner pränatalen Phase fordern. Die Art meiner Zeugung und die schwere Kindheit könnten sich strafmildernd auswirken. Andererseits ließe die große Anzahl brutaler Unzuchtshandlungen an Kindern auf eine zwanghafte, gesteigerte Triebhaftigkeit schließen.

NACHLASS

Morgen werde ich gehenkt. Und ich habe doch Zehntausende Leben erhalten. Obwohl ich die Schuld anderer trage, fühle ich mich nicht als Opfer. Diese Nachdenkweise ist keine Rechtfertigung, die ich ohnehin nicht suche, denn ich habe Zehntausende zu Tode gebracht.

Zunächst vermutete ich, daß so ein Drückebergerdienst in der Heimat sehr begehrt sein würde; und machte mir nur wenig Hoffnung. Hoffnungsträgcr wollte ich werden für verschwundene Menschen aus meiner Stadt, meiner Nachbarschaft, meinem Handballverein. Dieses deutsche Spiel hatten wir gewählt: Es war uns als elitärer, germanischer, antiproletarischer Sport nahegebracht worden, und so hatten wir ihn verstanden. Bis dann unseren zwei Besten, den blonden Hünen, der Spielerpaß entzogen wurde.* Die gegnerischen Mannschaften freuten

---

* Die Gebrüder Einstoß spielten bei Teutonia (!) Augsburg und emigrierten nach Argentinien.

sich über deren Sperre: „Die sind Juden? – Hauptsache gewonnen!"

Der Einstieg in den und der Aufstieg im politischen Strafvollzug wurden mir leichtgemacht. War es zu Beginn des Krieges die fehlende Aussicht auf Orden und Beförderung – Lamettaträger wurden geehrt und begehrt –, so blieb später die Konkurrenz im gehobenen Dienst aus einem anderen Grund aus. Intelligenten Menschen war klar, was das Wachpersonal eines Konzentrationslagers erwarten würde, und je näher der drohende Endsieg rückte, desto intelligenter wurden die Menschen.

Meine idealen, richtiger naiven Vorstellungen hatte längst die Selektionsmaschinerie zermahlen. Hatte ich doch die „verantwortungsvolle" Aufgabe übertragen bekommen, „wertvolles Arbeitsmaterial von schmarotzenden Nutznießern des Lagers" (Text der dienstlichen Anweisung) und von Kranken, die hätten infizieren können, zu trennen. Auch hatte ich bestimmte Normen – als Erfolgsquote bezeichnet – bei der Vernichtung politischer Häftlinge, unwerten Lebens (dieser Begriff durfte großzügig auch auf Kinder und Verwirrte ausgedehnt werden) und von überflüssigem Hilfspersonal aus den Reihen der Häftlinge zu erfüllen. Die letztgenannte Reduzierung ergab sich proportional zur Verringerung der Belegungsstärke, d. h. bei hundertprozentiger Endlösung null Kalfaktoren. Zwar existierten noch Hochrechnungen über steigende Kapazitäten aus den zu erobernden Ländern; doch diese später noch zu zitieren grenzte an Hochverrat.

Ich war genau das, was ich nie sein wollte: Herr über Leben. Gleichzeitig schaffte ich mir Todfeinde. Familien, Generationen, Sippen hatte ich in Prozente aufzuteilen. Bruchrechnungen des Todes mit den Phasen kurzfristig, mittelfristig, langfristig – aber immer Finalstadium. Ich war als Helfer angetreten und wurde Gehilfe. Ich Gerechtigkeitsfanatiker, Michael Kohlhaas bis zur Selbstjustiz und Selbstverstümmelung. Das Wort Gerechtigkeitsempfinden klingt wie Verhöhnung, Aber war meine todbringende Ermessensentscheidung nie abhängig gewesen von den ersten sieben Sekunden, die uns Psychologen beim Kennenlernen für die lebenslängliche Beurteilung eines Menschen zugestehen? Wenn ich meine Todgeweihten zu Helfershelfern machte, Überlebenshoffnung und aus ihrer Sicht Lebensqualität zuteilte, habe ich diese Kreaturen da nicht in einen noch teuflischeren Zwang als den meinen verführt? War ich doch natürlicher Feind, sie jedoch

Judasse: Interimsjudasse. Allein die Vermessenheit, hier zu ermessen, verdient die Todesstrafe.

Ich suchte keinen Fürsprecher, keinen Entlastungszeugen. Mein Verteidiger konnte zwar beweisen, daß ich überflüssige Grausamkeiten (bei dieser Formulierung erhob er seine Stimme) unterbunden, zuletzt meine Pflichten nachlässig versehen, meine Sollzahlen eigenmächtig reduziert, Ungeeignete in die Rüstungsindustrie geschickt und somit Leben gerettet hatte.

Der Urteilsspruch war Formsache für die Richter, aber auch für mich, denn ich hatte mich schon längst zum Tode verurteilt. Ich hatte im Stellwärterhaus eines Verschiebebahnhofes für Menschenleben gesessen und durch selbstherrliche Weichenstellungen einen Waggon gegen einen anderen ausrangiert.

Morgen begleitet mich ein Jurist, und ich wünsche ihm, daß er mich haßt, sonst könnte ich ihn einmal einholen.

DIE BOANDLKRAMER

Als Boandlkramer bezeichnet der bayerische Volksmund, sich anschmeichelnd oder ihn vermenschlichend, den Tod. Dem Brandner Kaspar erschien der Boandlkramer leibhaftig auf der Bühne* – wir Heutigen sind selbstverständlich auch in diesem Fall konkreter.

Seriöse Historiker errechnen für Sudetendeutsche Tage ein Vielfaches an Toten mehr als die Sachverständigen der Uni Prag. Ebenso relativieren die Republikaner die Millionen KZ-Toter auf eine bescheidenere siebenstellige Zahl.

Wer auch immer Minderheiten (Kurden, Kroaten, Banatdeutsche) der gesunden Volksmehrheit zuführt, läßt die beim Hobeln bzw. Hobelhinlegen anfallenden Späne ebenso wissenschaftlich akribisch wie stark unterschiedlich erfassen.

Da hinter solchen Zahlen ja Schicksale stehen sollen, ist es zu begrüßen, daß auf dem Denkmal von

---

*　„Der Brandner Kaspar schaut ins Paradies", Volksstück von Kurt Wilhelm nach Franz von Kobell

„Bomber-Harris" nicht die Bruchrechnung 600.000 Tote geteilt durch 56.000 Mann fliegendes Personal steht. Nein, solange 200.000 Zerfetzte, Erstickte, Verbrannte aus Dresden nicht wissenschaftlich gesichert sind und überhaupt ihre Berechtigung zur Flucht dorthin geklärt ist, sollte nicht leichtfertig polemisiert werden.

Krämereigen ist nicht nur Zählen, sondern auch Handeln. So verkaufte die Israelitische Gemeinde Hamburg den ehemaligen jüdischen Friedhof samt Gebeinbestand an den Meistbietenden. Jahre später wurde mit einer noch besseren wirtschaftlichen Nutzung auch die Pietät entdeckt. Die vorteilhafteste Mischung von Oberrabbinergutachten, Geschoßflächenzahl, Nutzungsziffer, Restflächen, Schadenersatz, Zinszahlungen und Störung der Totenruhe werden die Weisen aus Morgen- und Abendland schon finden.

Eine deutliche Niederlage wird mit einem „Waterloo" bezeichnet. Weil länger zurückliegend, ist das Bewußtsein verlorengegangen, daß das Vernichtende an der Niederlage die Vernichtung von Menschen ist. Könnte ein Reporter ungerügt von sich geben, der französische Tennisspieler Leconte habe dem Deutschen Michael Stich ein „Stalingrad" bereitet? Hängt Achtung vor dem Tod nur mit der vergangenen Zeit zusammen? Die heutigen Boandlkramer hinter ihren Schreibtischen werden nicht – wie im Theaterstück – von einem Kirschschnaps übertölpelt. Es wird je nach Bedarf und Auftraggeber gezählt, analysiert, aufgearbeitet, gegengerechnet und publiziert. Leichenfledderer in Bild, Ton und Schrift haben Konjunktur.